有些影子怕黑

孫得欽

人會對過去懊悔的原因只有一個：對現在的自己不滿。因爲過去的每一件事，都導向此刻的你。「如果當時如何如何就好了。」意味著，若是如此，你會有更好的現在；更動過去的任何零件，顯然都會導向一個不同版本的你，而如果你對你的現在滿意，並不想拿去交換任何處境，那你應該也不會想更動過去。

所以事情很清楚了，改變現在，就是改變過去，科幻電影說的都是眞的，「現在」就是那台時光機器。

目次

醒時同交歡

新版序

孫得欽

有時覺得醒和夢的界線模糊，眼前的事件常是淡淡的，沒對準焦的樣子。個人的際遇，環境的劇變，人心的遞嬗。真的發生了嗎？可以這樣嗎？事情是那麼荒謬、突兀，又理所當然地上演。

去年翻了幾頁竜樹諒的末日預言漫畫，感覺很平淡，近乎誠懇，像個遙遠的夢。確實，作者就只是畫出一個她看到的夢境而已，說是2025年台日近海將發生海底爆炸，引起大海嘯之類。想想我住在走路就能到海邊的地方，肯定是來不及跑的。無論這比諾斯特拉達姆斯大預言更可信或更可笑，對我來說都沒什麼差別。何況還有

11

戰爭的影子像雲一樣大片投下來，一朵一朵掠過地上的人們。

津津有味地想了一會兒。

或許，所有末日預言都是真的，只是實現的時間點稍有誤差。

所以人類真是很美，且可愛。人人都在奮力守護心中一切親愛的，雖然明知這些事物終將消逝，即將消逝，而且沒有任何意義，無論我們承不承認。

我猜想，人類的一切行為都是象徵性的。沒有任何實體可言，猶如在水面寫字。

諾斯特拉達姆斯：16 世紀預言家，其末日預言在千禧年前夕風行一時。

黃偉文的歌詞〈漩渦〉：「答應送我／最美那朵水花可以嗎？」

人與人的關係也是如此，無法用任何儀式、文件蓋棺論定。任何形式的契約，口頭的問答也一樣，是為了人的脆弱而設，只是不安全感的填補物，或交易用的工具，有什麼意思呢？其實太有意思了。連結存在的時候，無論如何都存在；不在的時候，無論如何都不在。而那些儀式或證據只是象徵性的，象徵性的東西很好，不需要有任何作用，不，也許該說：必須沒有作用，才有意思。

人和宇宙的關係或許也是如此。誠然，要將人和宇宙作出有意義的區分，本身就是輝煌而徒勞的嘗試。

在最深的層次，只要一個人的奉獻——而非執念，那是

13

相反的東西——連結就已經確立，像一個人仰望天空。
無所不在的東西，無法拒絕你。

讓你的手指畫過水面。

讓陽光曬紅你的皮膚吧。

讓你的心，怦怦、怦怦地跳。

・

醒時同交歡。在一部A漫讀到這五個字。感傷、淫靡、恍惚，浮滿性的氣味、死的氣味、離別的氣味，「醒時」聽來何其短暫，遂使「交歡」也難掩悵然，如露如電。這什麼美得不可理喻的題目？放在一本A漫如此貼切，翻譯這書名的人還真懂。一查不禁失笑，原來是李白的詩。也還好如此，從世俗的、肉體的層面開始認識一件事總是好的，詩句最好先聞，再讀。

但不是縱酒才好狂歡嗎？怎會在醒時同交歡，醉後卻各分散？

我們以為痛苦來自於太清醒，於是用各式各樣的方法灌醉自己。菸酒、藥物、金錢、成就、購物、性，以及更多奇技淫巧的性，當然還有美，美怎能不是一級毒品。

說不定我們從一開始就是醉的，日復一日地越來越醉，我們不缺這個。醉時，人人都只看見自己，一架自我中心機器，無法建立真實的連結。唯獨在短暫的清醒裡，我們才可能相遇。

15

看一個人，先像動物一樣看他。看他的肉體、長相、站姿、眼神、慾望、野心、活力、暴力、聲音的質感、手指的長度、走路的背影。再去考慮那些神祕兮兮的東西。若是如此，邪教教主也將無所遁形吧。

看著邪教紀錄片，看著裡面每個人的臉，最大的疑問是：**他們到底想要什麼？**

生命的真相？換句話說，真理，對嗎？但對不起，真的不像。

我見過追求真理的眼神，他多疑、熾烈、難以取悅，充滿懷疑與力量，甚至怒火，那是要燒盡自身的火。教徒們的憤怒與暴行，肯定不是那種火，那裡面只有難聞的，自我保護的焦味。

一點點誤差，就不是那個東西。他會去，但待不住的，不過完全不是因為他多聰明，多會思辨，多善識人。

只是因為那些教主滿足不了他。

他求真的慾望大如黑洞。跟他的渴比起來，才走到某個站牌就以為自己到了終點的，看似呼風喚雨的教主，只是一滴小小的水。

至少要這樣吧，我想。

17

超愛錢什麼的而被騙那還沒關係，成功神學也很流行啊。看著教主畫的空洞大餅，如果他們要的是這些東西也太悲哀了吧，不行，我得想出個什麼。

模模糊糊地，那些空空的眼神，讓我覺得，該不會只是想要被喜歡吧。這確實是個大願，大到地獄之門應聲而開。被團體、被那些友善的姊妹弟兄、被教主、被上帝喜歡。這整套大費周章的空轉，只是以各種形態花式扭曲的「我想被喜歡」。

不對，或許反過來說更準確，是害怕不被喜歡。那些駭人的作為，光是想要被喜歡，是幹不出來的；只有害怕不被喜歡，才能讓人徹底瘋狂。

．

在韓劇看到一段驚人之語，驚人之處正是在於它的平凡、通俗、實際，又毫不掩飾。

「給我愛就好，我好飢渴。多給我一點愛。真是的，感覺全世界的愛都滿足不了我。妳啊，千萬別像我那麼渴望愛。我肯定到死都會這麼渴望愛。」

．

電影《們》的尾聲（同時是整部電影的發端）：「我想得到妳的愛。」

念頭初綻，宇宙規模的戲劇揭開帷幕。

＊出自韓劇《我的出走日記》

・慾望沒有終點，墮落就像一場太空之旅，可以一直一直墜入更深、更遙遠的星空。

・與其說慾望，不如說不滿足，並非真的想要什麼，而是焦慮於好像缺少什麼；與其說不滿足，或許不如用那個平凡、乏味又庸俗的字：無聊。無聊是生命的絕症，因為它根本不合理，甚至不存在，不存在的病最難治癒。

有時覺得這件事永遠不會降臨於我，畢竟這世界的豐饒狂野，就算你用盡每一分每一秒全力去品嚐也嚐不完不是嗎？

但它不時就像恐怖大王（借用諾斯特拉達姆斯的說法），君臨天下，無情鎮壓，麻木中混雜著失落、挫折、無力、無能、乏味、自我懷疑，整日的天空都是暗的。好像姜峰楠小說中，玩過未來預知器之後，罹患「不動不語症」的人們。他們是醒的，卻像昏迷一樣，眼睛會稍微跟著物體移動，姿勢偶爾會改變，身體可以動，可是完全不想動。

說不定預言大師口中的末日，始終就是這個。

想要刺激，想要未曾有過的經驗，新的隨便什麼東西，否則就好像從內在被一點一點嚙咬啃噬，而我茫然無感任自己蝕鏽斷滅。

21

・

準備這篇序文的期間，看了加斯帕諾埃的《漩渦》，老人恐怖片中最恐怖的一部。一對老夫婦在失智的過程，一步步喪失活成一個人的條件。攝影機如紀錄片樸素跟拍，但那分割畫面的形式卻直接絞纏觀眾的神經，令人暈眩。

老人要為他正在寫的書引用一句愛倫坡的話，彷彿貼著我的耳朵低語：「難道所有眼見和已見，不過是一場夢中之夢？」

前一刻我們還在惋惜他寫到一半的書稿毀損，下一刻，連這惋惜也是多餘的。一生累積的思想、知識、洞見，生活的痕跡、書本、經驗、情感，甚至文明，不過如此，轉眼全都捲進馬桶的漩渦。

終至土崩瓦解。冷眼旁觀的鏡頭，像在拍工地縮時一樣，只不過拍的不是建築過程，而是拆除。最後剩下一屋子的空蕩。

我實在太為片中飾演老婦人的演員吸引，去查了一下她是誰。她的空洞、荒涼，她的眼神姿態表情，她聞花，她摸東西，她戴眼鏡，她問問題，她定定看向我們看不見的地方，她點火。

幸而觀影前並未知道太多資訊，這完全是我私人的震撼：她是《媽媽與妓女》的女主角。初版後記〈他們所說的愛〉寫過她的事，現在又遇到了她。

萬物間自有引力，事物只能從錯綜交織的網狀視角去看。當你瞬間意會到所有線條交織成的圖景，可怖之美就此誕生。

那張自傲、冷艷又卑微的臉，那張以鋼鐵般的自覺去實踐卑微的臉，頹塌成空蕩蕩的廢墟。

是嗎？那張臉就是這張臉嗎？又一次再一次，電影溢出了邊界，漫延到演員身上，浸染了現實世界，侵入我的生活與記憶。

老婦人對兒子說，帶我回家，帶我回家。兒子說，媽，我們已經在家了啊。

對我來說這就是人在世上的處境。

我一直以為我不在這裡。

・世界本無宗教，只有某人看著自己，看著世界，認出了什麼始終存在，什麼從來不在。

・一段對話，應當作為某齣戲的幕間劇。

石頭有生命嗎？

沒有。

那石頭是怎麼變成現在這樣的？

從岩漿變成的。

那岩漿難道沒有生命嗎？

沒有，要是岩漿有生命……

那他豈不是被自己燙死了？

·

去年抽的一張牌卡，牌面寫著：Trust the great mystery。圖案是深海裡一頭鯨魚，鯤之大，不知其幾千里也。

Trust the great mystery，心中一凜，切中要害，但是，這是目標，還是方法？如何能夠？

帶我回家，但我怕燙，怕被生命灼傷。鯨魚，鯨魚，請幫助我，縱浪大化中。

・

無所不在的東西，無法拒絕你。

神一直在等待，等待成為你的奴隸——

只要你願意。

但那個願意艱難到匪夷所思，無言以對。

・

「你是世上最有權力的人。」

這句荒唐的話讓我大受震撼，痛苦又觸動，因為它是如此的真實。

27

那是美劇《末世餘生》的一句對白，主角已經經歷連續三季的怪力亂神、顛沛流離，在現實和夢境裡都被整得七葷八素。然後，手機響了，電話另一頭的人告訴他：「你是世上最有權力的人。」你瘋了嗎？那是什麼意思？明明沒有任何一件事看起來像你說的那樣。但那所謂明明的一切卻也似乎一直都在告訴我，那是真的。好像什麼東西就在你眼前，你深信也甚至確定它就在那裡，但你卻因為體驗不到它的存在而一路走來倉惶失措。

無論你是職業殺手還是美國總統，甚至你是個因無聊而死的所謂平凡人，都只是Cosplay。

帶我回家，帶我回家。

·在策畫新版的前半年左右，迷上了沉香。這東西很怪，似苦非苦，似甜非甜，不是世界上任何一種味道，又好像集齊了萬種味道。

每一批，甚至每一塊木頭味道都不同，沒什麼奇怪，但同一塊香，在不同溫度、濕度下聞起來都不太一樣，時間久了，還會日漸香醇。也有可能，是聞的人也改變了，隨著自己身體、精神狀態不同，清醒時聞，昏沉時聞，遲鈍時聞，敏感時聞，都有可能不一樣。

還跟你記憶中有沒有那個味道有關，沉香味大多不是明刀明槍，而是暗藏其中，往往聞到了卻不知道，你對這個味道是盲的。許多香我都是過了好一段時間才驚覺其中帶有某種味道，那麼明顯，為何有時它就是不在？有的味道，初聞不知所云，幾個月後，才突然上癮。

如何讓身體學會一種新的味道？

當然，很多事情都是這樣，只是我剛好在聞香罷了。

·

沉香的香，是傷口結出的。

沒有傷口，就只是無味的白木頭。

·

《有些影子怕黑》出版將近十年，現在讀來猶如前世，連張學友都剛剛發了新歌（偏偏就叫《又十年》）。已出版的內容，已在世上留下痕跡，要是改動它們，好像篡改歷史一樣，對於過去寫下這些詩的我、已經讀到這些詩的人，都很彆扭。所以原詩不改字句。

但可以回應。關於纏繞在一具小小人體上的種種複雜力量，關於人與人關係中的種種荒謬糾結矛盾，關於毀滅、惡意、多愁善感的浪潮、誇大其辭的呻吟，關於永恆的我和你。

調整頻率，像潛入海底那艘沉沒多年的船。從那些腐朽的木箱，殘破的門窗，鏽跡斑斑的鐵鍊，推敲這條船上曾經發生什麼，再寫成新的東西。

我離這些詩非常遠了，無論語言或生命都是。至少我以為是這樣。那麼，要找一樣東西，把不同時期籠罩起來。像是尋找彌漫一部電影的底片色調，無論那部電影橫跨多少時空。

於是有了為這本書新寫的一疊詩。不是一首長組詩，但也不是一首一首獨立的詩。它就是一疊詩，最好一口氣唸到完。

苦集滅道，成住壞空，人生種種際遇，唯悲傷一以貫之。我們是怎麼走到這裡，漸漸從中認出了許多新的滋味？甚至有一天，從中得到安慰。

然而悲傷二字本身卻毫不悲傷。悲傷，只是有情的意思。

有情，是伊甸園的終結，是塵世的開端，是天起了涼風。

．

某日，無緣無故冒出一個確信，滿眼淚水⋯⋯我是有人看顧的。

．

但誰沒有呢？

．

不需要而仍發生的

＊天起了涼風：《創世記》3:8

我們稱之為慶祝
不需要而仍存在的
我們稱之為愛

生命出現在世上，真的完全沒有必要。

既不需要你，也不需要我。當然不需要這本書，而詩是世上最不需要的東西。

·

那麼最後，讓我再說一次：

這本書獻給相遇之人。

蘋果樹已經種好了
剩下的
就等天使前來棲息

開始敢說一些字

開始敢說一些字
比如靈魂。愛。
神。

很敢很敢
幾乎太敢
手上的石頭
要在洪水來臨之前
扔給妳

石頭不重
妳要接好

雨落的時候

雨落的時候
我正在打掃房間
擦拭玻璃
為了抵抗野獸的咆哮
為了封住一個杯口
為了想念
一道無風的走廊

我看向窗外
一些人在溪裡流過
一些人指著天空

他們除了和解以外
無事可做
他們數著石頭
他們非常孤單

一朵透明的火焰代表什麼
愛，或者從此放棄
都是睜開眼睛最害怕
又渴望見到的事
指尖的花一直在開
我無法阻止她們落地
那樣的醜
都讓你看見

你站起來
像受過傷
整具肉體
沒有一寸迷人
你披散的頭髮是荊棘編織
像一棵最頑強的枯木
手指高傲地垂下
食指和中指間
夾著一根無用的羽毛
每個人都深愛著你
除了我

和你
因為你知道自己根本沒有
和大海相似的東西
而我
只想用我虛偽的指甲
劃開你老朽的皮膚
用一種恨的語調懇求你
注視我，以你不死的眼神

我已經向妳走來
妳的左腳微微跨出
以便和我
擦身而過

給妳我所有灰色的石頭
等待妳哭泣
等待妳拒絕
等待妳扔回來時
全部變成蘋果

你送我珍珠項鍊
熊貓娃娃
棕色筆記本
送我芒草割人的葉

你收好行李
轉緊水龍頭
水聲
卻更大了

你拉我手跳起柔軟舞步
那是夏天
夏天橙黃暖亮
夏天頸項光潔
夏天
柿子一樣甜熟
地板木質的紋路
默默吸去了溫度

你拉上窗簾
把最後一束光線收攏
插在我們的花瓶
模樣堅貞有如誓言

沒有用
天空只會愈來愈暗
影子愈來愈深
因為
我已經決定要恨你了

我們

我們不再低頭走路
不再撿拾星火
我們都愛影子
影子不爭吵
影子伸出斑斕的手
無聲相擁

如果我們是錯的
那就再錯一會兒
到暴風的中心看一看
或許也有美麗的東西
也不流連
也不當成藉口

拒絕承認我們懷裡
抱著多刺的花朵

我們試圖飛翔
我們有翼不張
我們為彼此取名
然後忘掉、忘掉

我們不曾如此
像一截淋過雨的木頭
靜靜躺在那裡
溼漉、泛光、微長著青苔
那樣幸福

一種武器
用之於微小的戰爭
狀如鐵絲貫穿花瓣
優美的裂紋

為歲月祈禱的教士
他也養著悲哀的獵犬
冷光照進房間

讓我擁抱膚淺的事物
如果變成騙子
我會感動得哭
我要低俗的情節為我所用
那會讓我
比原來更溫柔一點

我更擅長哭泣了
更大更野蠻
更有愛了
愛到寫下邪惡的造句：
「錯把誠實的假面
認作虛偽的真心」

妳的眼影多麼美啊
妳的失去多美
我是
那年黃昏樹下妳
孤寂的視角

透過小窗
還有人在草地上
踢足球
再過一會兒
我也要過去那裡

都什麼時候了
還在想一個數學問題
不過除此之外
也沒有更好的事

更好的事
剩得很少
是不容易想到的

太陽太大了
不如再等一下
鬍子要是再刮第三次
好像有點白痴
燙衣服則是沒那個心情
倒是有首歌才練到一半
結尾的高音還是飆不上去吧
不然舉舉啞鈴也是可以的
何況冰箱裡還有幾罐不怎麼想喝的啤酒

想想事情有點太多
收拾一下屋子裡的東西就好
再說數學也還沒解完
幾雙已經沒有人穿的鞋子一直在那裡
真讓人傷心
床頭的兩隻娃娃收進口袋吧
有人留了一張紙條在桌上
很久也沒人拿去
留的人已經走了
他說昨天是世界末日
我們沒一個相信
事實也證明

他錯了

今天才是

我一邊走一邊研究紙上的小字

　把末日給我

　愛給妳

看得我也想回去留幾句話

但沒關係了

反正今天過後也沒人看得到

想完已經走得很遠

也沒和他們踢足球

戴面具的人們

戴面具的人們
有比較纖細的手指
用這些手指
撿起一朵花
就舞蹈起來

比妳誠實得多。

還有誰有愛

「還有誰有愛？」

我們過大的身體
擠在小學教室木造課桌椅間
不時碰撞出聲
（像穿了尺寸太小的三角內褲
皮膚印上勒痕）

夏日午後溼悶的空氣
窄裙裡雙腿磨蹭

有人怯怯發言：
「……可是我們都是大人了」
尾音飄散
大家縮起身子
聽見女同學的鞋跟偶爾在地面
不安地作響

「眼睛閉上，不要偷看別人。」
說話那人在座位間走動
藤條輕輕劃過空氣
有人窸窣舉起屈服的手
有人咯咯笑了

這輕脆的午後
一種不倫感
一種雜交感
這肅穆的課堂

我們聽見
最胖那人的西裝褲發出
撕裂的聲音
都有一點欣慰

「把剩下的愛傳到前面來
老師要拿去
救濟災民」

吊扇在頭頂喀答、喀答晃響
微弱的風還沒降臨
就被高溫蒸散
蟬聲
告密般
從午後的窗邊洩進來

啊
出汗了
出汗了
有人很舒服似的
這樣喊著

神最得意的發明：物理
連祂自己
也無法體會的東西
（神對此耿耿於懷
甚至試著將自己
下載到一具肉身
讓自己
有所不能
讓自己
會流血、會痛苦
有到不了的地方
但……

但我們先回到今天的課題）

是唯一導致我們必須
做出選擇（我們想像——
有所選擇）
我在此則不在彼
我是我而不是你

我們不是神的複製品
是被神遺落的吻
神的嘴唇
豐潤多汁

「口水是我們的主要成分。」
有人嘀咕。

我們一生的
戲劇場面
歸功於神的
創作才華

神用牛排刀
（一邊打開電視）
將我們切成小塊
（轉到最熱門的
真人實境秀）

靈與肉、男與女、自我
與他人、愛與被愛、我與我的——
想像。讓我們
姑且稱之為X與Y吧
（神也發明了數學）

X與Y
是祂創作上的
祕密武器
必須彼此分裂
才能產生動能
祂用X與Y寫出祂的
票房必勝公式

神還懂得情趣
祂會在關鍵的轉折點
加入偶像劇元素

並且祝福
（神的祝福）
X與Y
永遠不能在一起

我們甚至不是神的瑕疵品
而是一組
不懂愛的玩具

「我們是神的情趣用品。」
有人嘀咕。

因為你不是神
因為你有限制
（老師用粉筆重重寫下）
合一是神
分離是人
愛是無限
（那種字跡很難擦掉
值日生有點不爽）
只有神懂愛

神即是愛

人懂的是

捆綁

於是人

比神

（罕見的事情發生了）

更美

「與性愛無關嗎老師？」
有人舉手發問。

整堂課你都沒聽懂
但是你問了一個很好的問題
性愛是神發給你的繩子
你要用在哪裡
都可以。

第一課的主題是：背叛
但不能太快讓他們知道

我走進教室
開始宣講課程：

「為了讓你看清情感的流向；
讓你明白自己的強壯……」

我將男女同學配對分組
（當然故意湊合或錯開了
關係曖昧的幾對）

讓他們騎馬打仗
讓他們走雙人平衡木
讓他們練習空中飛人
彼此拋接、摩擦、支撐對方的
重量，在高難度的旋轉後
安全落地

（信賴要深深地建立在肉體之上）
在關鍵的時刻
完成放手的儀式
（規則只讓一方知道）

這時把兩個大字寫在黑板
台下投來一些敵意的目光
「這是愛的基礎
學會背叛他人
才能懂得誠實」

或讓他們看見所愛之人在眼前
與他人建立親密的連結

有人已經刷白了臉
「下一堂課才會討論嫉妒噢。」我提醒
——背叛的旁系血親

要愛他的一切。我說。

最刺激的，是連他的背叛也愛

我將得意的警句寫在黑板
同學們拿出紙筆
紛紛抄下

「你這爛人。」
剛才摔到地上的女同學從座位站起
漲紅著臉，忿忿以告
彷彿我是她生命中最恨
且最重要
的男人

全班靜穆下來
空氣有如薄冰
我看著她
沉重地看著

幾乎看得見她
發出光輝
莊嚴的一刻降臨——
我說我被妳
深深傷害了
（同學們拿出紙筆紛紛抄下）

青春期

這堂課談的是，青春期
什麼時候身旁全被調包成女同學
她們看來都比我成熟、世故、強壯

老師在台上
講解馬尾類型之研究
「少女之馬尾
乃慢跑場上意外事故
之主要元兇。」

女同學們都笑得花枝亂顫
這老頭老歸老，我想

還果真是
青春期之專家

「少女之胸部
絕——不是・酥・的
為了修辭
而偏離事實
是不道德的行為」
老師對道德非常講究
女生們照例十分開心
我也覺得學到不少東西

坐在斜後方白淨寡言的女同學
傳來紙條
（她有一雙乾淨的耳朵）

：「好想強暴你」
那是女孩所能說出
最美的話
以妳的嗓音而言
應該直接在我耳邊低語

我想這樣對她說但我
沒有轉過頭去
看她低頭掩飾自己的不安

我撕下課本一角寫了幾個字
傳回去給她
她身後的八婆一把搶走
大聲唸出上面的字

「而·是·Q·的！」
女同學們都笑得花枝亂顫
甚至比前幾次還要開心

這一刻我覺得我又
比以前成熟一點、世故一點、
強壯一點，甚至
比那老頭更懂得青春期了

我回頭看看那女孩
她沒有臉紅、沒有低頭
也沒有
笑
只是冷冷看著我一直
那樣看著我

告白的那女孩
像裸露兩隻柔弱翅膀
燦白身軀
順從地
讓我拖到樓梯間陰暗處

我傾身向她
「人類對永恆的妄想
造成愛情毀壞」
「你發明了痛
現在又想遺棄」

我的手從衣擺下方伸進去
貼在她胸口

她的嘴趨近我耳朵吐息如煙
灌溉我經年荒蕪的側臉
近得我
幾乎產生了愛

「太微弱了
我摸不到妳心跳
的加速」

女孩捧著我的頭顱
眼神近乎憐憫
淡色的雙唇
嚴正如神諭

「趁現在用你的卑劣侵犯
我的奉獻

你是個惡人
還奢望去吻」

不明白接吻比牽手容易的
大抵都是未經世事的少年

獅子脫下羊毛
然後季節變成初夏

我復活了
又開始想打獵了
給我不知饜足的荒原
給我誠實可欺的羚羊
然後季節變成初夏

為什麼那麼可愛
何不讓我吃掉
讓我反省自己
（讓我深深反省）

讓我舔舔自己
（讓我嘔吐出來）
遇見尋死的人
就對他說教
（吃掉一半）
面向一輪過大的太陽
我愛過的都已經黃昏
飢餓進入尾聲
然後
（再吃一半）

然後季節變成初夏
剝光生命的衣服

生命跪下來
（命令它跪下）
為男孩顫動舌尖
為女孩顫動舌尖
（等不及了）
為我們的食物
顫動舌尖

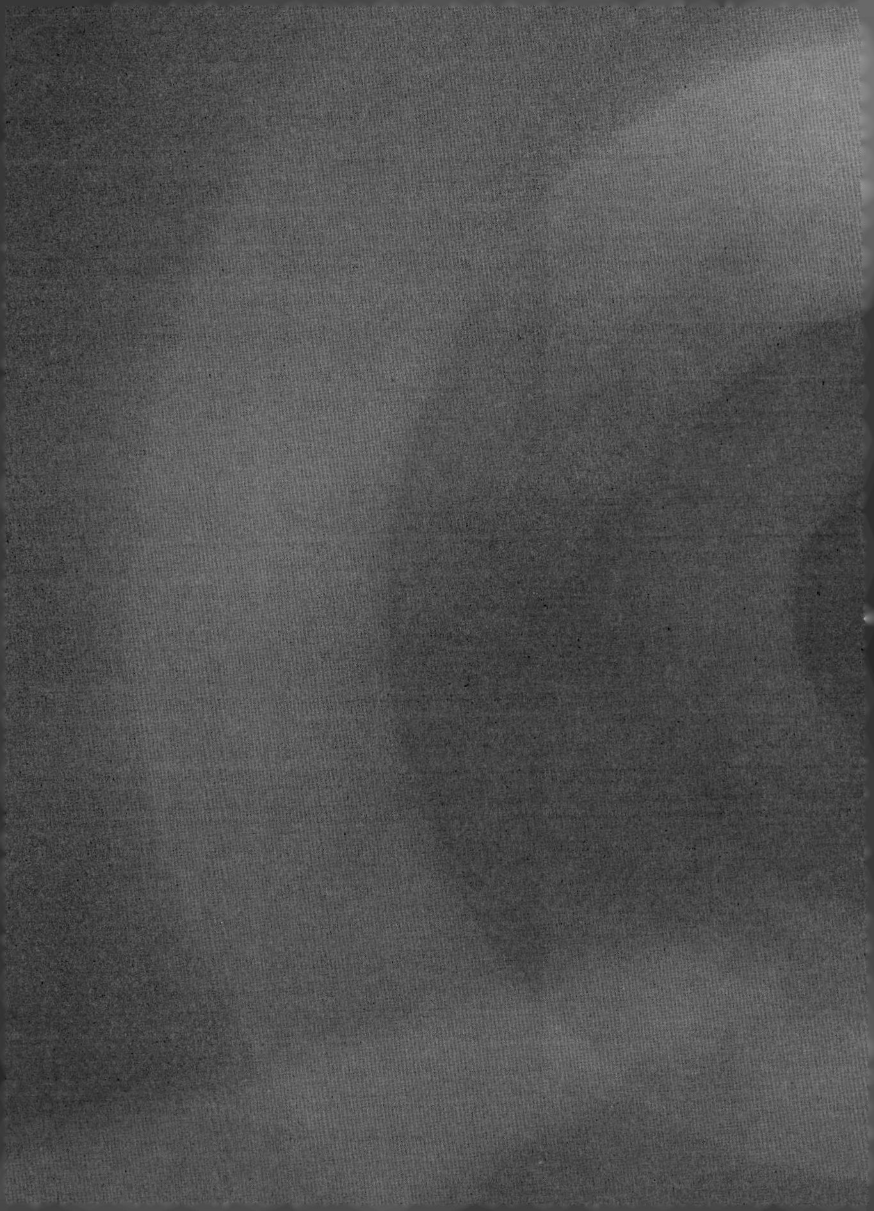

迷途的窗邊
髮絲堅毅
女孩翻滾
遠處呼聲喚誰
妳失去了一生的重量

太陽的光也不夠呼吸
我在水底的姊姊
在氧氣中的兄弟
生命沿著綠色的地毯
鋪展到黯淡的遠方

晴天已經有了三個
我們還需要一些泥土
水不是靈魂可以承受
忘了是誰說過
冬天你就撐傘
夏天你就相信。

流下來的
不是血是蜜

但刀是鋒利的
妳是親密的

白牆上走出裂縫
秋千在雨中輕輕搖晃

魚身長出鳥的翅膀
孩童在腳下畫出迷宮

石頭裂成幾瓣
也不讓人心疼

只要一片瘋狂的鏡子
就能讓海底的惑星
甦醒過來

炎夏之路

彷彿最初只是一道細長的光
炎夏
草的氣味濃烈
他們把錶弄停
等待光線緩慢擴張
緩慢，但已無關緊要

炎夏
樹影黑得驚人
好像

伸進去的手
會永遠消失

炎夏
道路膨脹起來
炎夏沒有所謂細長
膨脹的不只道路
他們顯得稀疏

炎夏
陽光白得像雪
他們有些擔心
奔跑過去的時候
會冷

太陽下還有幾叢未謝的白芒
遠遠望出去，透過
厚厚的鏡片，有霧的玻璃
是有幾分
像雪，誘惑著
身為被兩山挾持的
渺小生物，我們
確實培養出了胸襟

包容造物主的種種不軌
企圖

牠們高大，綠色，多毛
甚至也洋溢著不少
青春氣息
在火車狹長的腸道裡
我們一面奔走一面
佯裝鎮定
從牠們粗心留下的缺口
望出去
想那是不是
就是海

鏡子讓人不敢
低頭
看海

海裡都是
隱形的獸
獸的爪
修長和藹
修飾海面的
線條
對稱，平衡，光陰
門
都是隱形的
看不見多令人傷心

有人在海上
走來走去

撿石頭的日子

那是撿石頭的日子
石頭簡單而沉默
雨來打亂一個早晨
石頭的面孔清潔
雨正洗著牠們的臉

那是撿石頭的日子
我們坐起了身體
雨下得好大
我們靠著光裸的肩膀
彷佛已經撿起了石頭

那是撿石頭的日子
溼泥地上腳步凌亂
有人先一步抵達
在那裡隱匿了自己

時間在那裡停止轉動
影子背叛沉默的頸項
所有不被祝福的
總是衰敗的
剛要生長的
薄荷草一樣清涼的
都從那裡開始遺忘

石頭光亮而美滿
井裡繁花簇放

那是撿石頭的日子
我們不應說話
一說話
就有什麼消失不見

本來沒有什麼
是可以被穿透的
但他
是可以穿透花的男人

事物堅實若此：
「日取其半，萬世不竭。」
你剝開木頭的紋理
徒手劈裂岩石的摺皺
深不可測的隙縫
心室之傷，曲折的血痕通往何處
線條也失去指向的能力
層疊之間
以為削去表皮、剔除血肉
即是核心

但核心總在指尖之外
但，

他是可以穿透花的男人

他掌握了一個祕密
一種美麗的語言尚未誕生
沒有人能夠描述那個祕密
他居住在閃電之內
遊走於時間之外
他的步履想必輕盈
膝蓋透出藍色的光
如果有人提及事物的親密與遙遠
問起石頭內部聲響的來源
那必是在找尋他——
一名可以穿透花的男人

螺旋

一

命定的相遇：針與肌膚。
強忍悲傷，看血珠沿著
食指指腹的紋路
迂迴地離去

二

你在那裡，非常細小的停佇
等待世界將你圍繞、捲動、騰起
如風暴的中心，迴旋之鏡

三

仰望：環形階梯圍起一座
有限的天堂
光的足印踩著扇形無限
向上次第開展

四

相生之樹，聳向雲間的塔
軀體交纏
根部激烈生長
你們的手臂無暇休息，交替著
把彼此舉向天空

五

我將血色的花朵插進胸口
啟動心室的渦輪
花瓣灑向八方

六

意志與肉身的競技
暴雨傾盆，打在忽明忽暗的心
簷下點一盆火
靜看他們周旋

七

那日一件美麗陰暗的東西使我暈眩
如此心甘情願，譬如
一枚落葉在水渦中不能停止下墜

八

轉至十八圈時他已遺忘自身
光線被他的腳尖抽長
舞台上，微小漣漪

九

醒來的時候已是黃昏
夕照自簾間側身潛入
轉動瓶中那束行將凋萎的鮮花
驚見一朵白玫瑰
螺旋的內心

不要忘記給花澆水，給石頭淚
黑暗再小，迷路的人也不會看不見
朝鳥站在枝頭那裡走過去
撥開遮眼的木葉，一隻鬼
說，即使走到世界的盡頭
也不要放開手中的火焰

樹木的中心無非火焰
謊言揭穿時有人流淚
詞語背面的路沒有盡頭
包圍在霧裡那東西誰也看不見
前方閃爍的淒涼光點，分明是鬼
朝雨淋溼草葉那裡走過去

朝天使梳理羽毛那裡走過去
那裡有清水和火焰
有堅硬的大理石，藍色的鬼
滴入河中的眼淚
從此看不見
流向沒有出口的地方彷彿盡頭

那不是大海是時間的盡頭
從撿拾樹葉的人旁邊走過去
遺忘的東西除了你沒有人看不見
與其在呼吸裡消失不如丟向火焰
有人無論失去什麼也絕不掉淚
在那裡高聲呼號的不正是鬼

藍色的透光的耀眼的斑斕的鬼
既然站在圓的中心就無所謂盡不盡頭
不穿青鞋子的鬼不流眼淚
從影子的尖叫旁邊走過去

他們說迷宮走到終點會有火焰
不守祕密的人看不見

春天再小，墊起腳尖也不會看不見
如果看見空白那就是離開的鬼
沒被踩過的腳印沒有火焰
拿著已經消失的地圖前往盡頭
從陌生人的墓碑旁邊走過去
不要忘記給死人讚美，為他們拭淚

看不見的火焰是他們的淚
鬼從我們旁邊走過去
說，如果那裡就是世界的盡頭

欲渡

一

水流深沉
月亮清寬
你手裡的櫻桃
嬌艷欲滴

二

浸泡在時間之中
波光靜默
裸裎的雙足
軀體飽漲如弓

三

你捧起一尾魚
鱗甲反射幽光
冰涼之吻
黑夜的嘴脣香甜

四

你欲渡的心如此貞潔
你的腳踝獲得冷的啟示
當你望向深深的黑暗
女子
在彼岸唱起了歌

她唱起歌來了
枝葉微微彎了
月亮沒有居所
我的刀是水作成的

劈向女人

偶

——寫給北野武《淨琉璃》

黑夜如水暖而甜
是誰吊死枝頭
那麼搶眼

暗中

——寫給維克多．艾里斯《蜂巢的幽靈》

從夢裡的迷宮醒來
妳感到痛
在哪裡握過一朵刺人的花？

掌心也沒有
夠美的傷痕
可以證明妳已經死過
或愛過

延著冰冷的牆
摸索前進
這裡是樓梯
那裡是失效的開關
腳底
偶爾踩碎幾根
幽靈的指爪
這陰暗的房屋
變得陌生
冷光和樹影
也不照進來

時間嫉妒妳的足踝
妳的眼睛過分清澈
就連死亡也趕來這裡
乞求妳
戀慕他蒼白的唇瓣

妳不怕，只是餓
中斷一個還沒找到出口的夢
總是讓人餓
體內的野獸
發出渴望的低狺

途中被光迷惑
有食物的馨香
妳學過怎麼禱告
但顯然現在並不需要
妳躡足走近
那危險的至福
門縫裡隱約瞥見
大人的身影

女孩

——寫給金基德《援交天使》

卜

女孩湧出血
她不痛
女孩的皮膚湧出血
她不痛
女孩全身的皮膚都湧出血
她用血
在地上畫了一條蜿蜒的蛇

她不痛
只是不時偷偷望向身後

二十

男人躲在影子後面
男人不能伸手
他的手腕黝黑粗壯
肌肉堅硬如石
可以徒手扭開一條蛇的身體
但不能伸手阻止

男人在影子後面躲了很久
看著他的女兒
慢慢割開自己的皮膚

三

「父啊
我折拗自己的身體
只為擦去身上不潔的斑點
離去的時候
不要忘記帶走你的鞋子
你遺落的手帕
我會把上面的血跡洗淨
你留給我的石頭
我會常常敲打。」

他在笑
他應該比我快樂
笑得每個路人
都忍不住看上一眼
如果他的語言有人能懂
如果他的手
抖得不那麼厲害
也許更好
但此刻
他顯然比我快樂

他實在沒有必要
重新做人

二

讓我從馬路的血泊中飄起
讓我從病床中飄起
讓我從脖子的繩圈中飄起
讓我從上班路線中飄起
讓我從播放災難新聞的電視機旁飄起
不
讓我留在災難新聞身邊

讓我用哭聲
安撫一名分娩的女人
讓我再一次初戀
讓我成為一名少年
讓我一生都不懂悔恨
讓我把每個犯過的錯
從頭再犯一次（且讓我從中
得到滿足）

啊，說不定
讓我做一個快樂的人

三

讓我再次死亡

讓我看看神
看看他的嘴唇
是不是豐厚紅潤
是不是有堅毅的線條
（女孩子都會喜歡）
讓我用我妓女的唇去吻他
舔他、跪他、取悅他
哀求他

讓我看一眼生命的藍圖

電梯

神
手指勾著繩子
上上
下下
有點
想打瞌睡

但是到了
上下班時間
就會稍微刺激
一點
為了拿到滿分
有時候
使用的手指
甚至高達三根

按鈕的人
無一明白
他們正在
創造神蹟

賣你靈魂上的斑點吧
賣你的鏽
賣你腐朽的心
賣你的恐懼
賣你遺憾的眼神
賣你犯過的錯
賣你的謊
賣你深長的嘆息
賣你的背叛
賣你的疤

賣到你完好無缺
賣到你幸福美滿

你敢賣的
我都買

去要回來吧

美好的詞語已被腐朽的人占據
去要回來吧
像要回你的午餐
像要回你的魂魄
像要回你抽到一半的菸

像從背叛的情人那裡
要回你的心。

遺書

希望在我的葬禮上
每個人都很開心

希望大家盡量談論天氣以外的話題
以免有人一直露出
尷尬勉強的表情
參加同一個人的葬禮
你們應該更親密
更竊竊私語
更心有靈犀
像一起犯過一個
難以啟齒的錯

你看她們
不時掩嘴
眼神瞄來瞄去
簡直是兩個模範生

談論你家的貓也好
兔子也好
九官鳥也好
雖然牠們都死了
但別談論牠們的死
（死就交給我吧）

要談就談牠們的破壞慾
談牠們的幽默感
或者談談牠們的繁殖
也就是說
談談性愛的話題是最好的
如果我有一場葬禮
如果有人到場
裡面當然有些人
是十年不見的好友
有些有過心結
有些曾經曖昧
也有人初次見面
為了化解這些焦慮

希望你們互相打個招呼
（不認識的就去認識一下）
然後務必趁現在好好談談性愛的話題

如果有人在我的葬禮上充分談論
性愛的話題

我也可以算是死得恰到好處
死得深感榮幸了
以後我會永遠祝福你
以後我會永遠

看顧你

一

聖誕老人站在鏡子前
看著棕灰的頭髮、鬍鬚
斑駁的色澤
似乎暗示著憂慮、挫折
與密如蛛網的悲傷

為了與夜色相襯
為了不讓那些在歡樂中
抬頭望向他的人們
心中漾起

連他們自己可能也難以察覺的
模糊的沮喪
他穿上紅衣，將毛髮，染白
要白得像無罪的雪
又練習爽朗的笑聲
有點生澀，像台生鏽的馬達
還引發了
激烈的咳嗽，畢竟一年
只用得到這麼一次。

二

聖誕老人有時也想
以私人名義
送給某人禮物
但他永遠只能聽到
那人歡悅說著
這是聖誕老人送給我的喔

三

面對那些鐵窗、保全系統、高樓大廈
聖誕老人當然必須常常
慢跑、攀岩、高空彈跳
還得克服，社交恐懼症
以免跳進客廳時
大家都還醒著
總不能只說聖誕快樂
我還有事要忙

四

聖誕老人打開冰箱
剛買的蔬菜依舊爽脆
綠色使他更愛冬天
麵包與奶油讓他感到富有
蘋果、蜜桃微微泛著腐敗的甜
深吸一口氣
吸進混合著金屬的，雪地的冷
他覺得滿足
覺得自己搬離北極之後
更懂得死亡與不朽

也許還，更懂歡笑

五

你相信雄獅的翅膀，天使的閃電
石膏像綻放藍光的雙眼嗎
在凌晨三點的大道，聖誕老人腳步闌珊
他問每一個
這時還醒著的人
你相信世界是美麗的嗎
你相信愛與衰亡嗎
你相信把左腦摘除就能獲得
永恆的快樂嗎
當然，有時他也想問一問

穿著青鞋子從巷裡跑跳過來的
那個小女孩
「你相信聖誕老人嗎？」

六

只有好孩子可以收到禮物
這條規定，常常使他困惑
尤其是想起自己
從來沒有收過聖誕禮物

在飛翔的途中，有時候
被風吹出一點淚，有時候笑
他記得幾首歌
很適合這時候唱
有時他冒出一個念頭

回家時會不會發現
晾在陽台的舊襪子
也被塞了禮物，即使是
放錯的也好

七

電視新聞正在播報的是
聖誕前夕，全球各地發生多起
犯罪事件
歹徒掛上鬍子，套上紅袍
假扮聖誕老人
分送炸彈包裹
搶劫銀行，襲擊
遊樂園
甚至在廣場
散布末日預言後

引火自焚
此舉無疑褻瀆了我們對
純真的嚮往，汙染了
這徬徨時代中的，最後淨土
「他們不知道，」
坐在電視機前的聖誕老人喝著啤酒
喃喃自語：「裡面有些人
　根本不是假的。」

八

從窗子跨進房間
他和一位病榻上的老人對望
老人似乎瞎了
看向比他更遠的地方
這裡沒有孩子
或許是他弄錯了地址
他有點恐慌，像掉入什麼陷阱
他被老人的聲音牢牢抓住
「我年輕時看見你，你已老去，如今
你還是和當年一樣，」

有生以來他第一次覺得
自己像個小孩
老人伸出手觸摸他的皺紋與鬍鬚
仍舊看著遠方
不像在跟他說話
「……你以衰老的肉體留住青春……」

聖誕老人翻遍了袋子
最後還是決定坐下來輕輕唱一首歌

九

聖誕老人也到了該退休的時候
夜空中飛舞的流星
是剛進入量產的生化聖誕老人
他們迅捷、準確、輕盈
甚至還更溫暖、更美麗
更懂得營造氣氛

聖誕老人仍在奔跑、跳躍、氣喘吁吁
他的糜鹿老了，雪橇舊了
每年收到的抱怨信

花一整年也看不完
他踩壞了別人窗台的盆栽
背著一大袋過時的禮物
有些躲在棉被裡裝睡的孩子
還被他太過陰鬱的黑影嚇哭

但聖誕老人啊
我已愛你多年
如同我也愛時間、愛衰老
也害怕一切美好的東西

即使是夜裡
世界也在變得明亮
你迎向的天空
有野雲
有光陰
有不死的鳥鳴

你鬢邊的白雪已漸漸消溶
你古老的身體也要跟著腐朽
你可以不懂愛情與幸福
也可以感到厭倦與虛無
最珍貴的，是你將和你無關的東西散布人間

你是掉落地表的紅太陽
你是邊走邊消失的雪娃娃
你是不經意落下的一場雨

落在便利商店、大賣場
落在小販的紅帽子
落在冬日的冷風，戀人的圍巾

你在不宜神話居住的世界
無所不在
你與我們同在

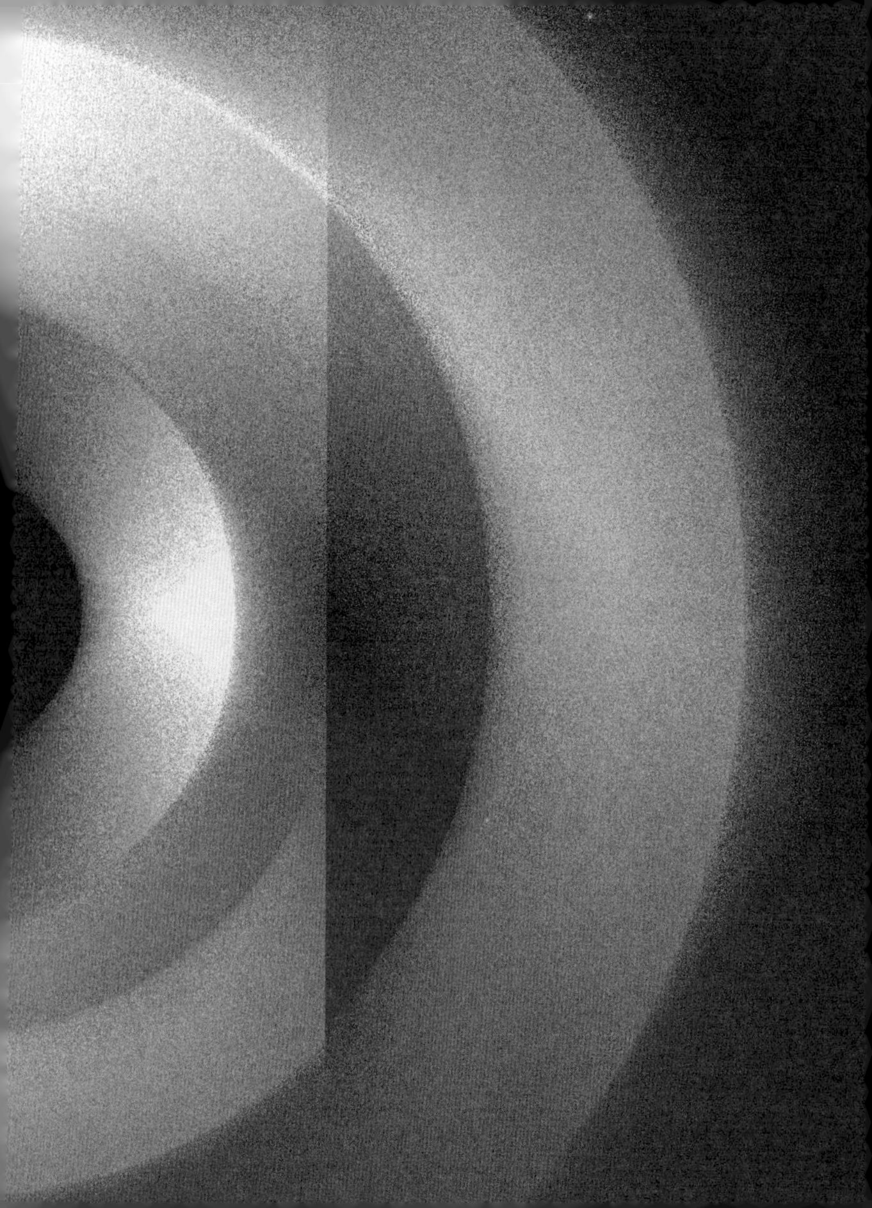

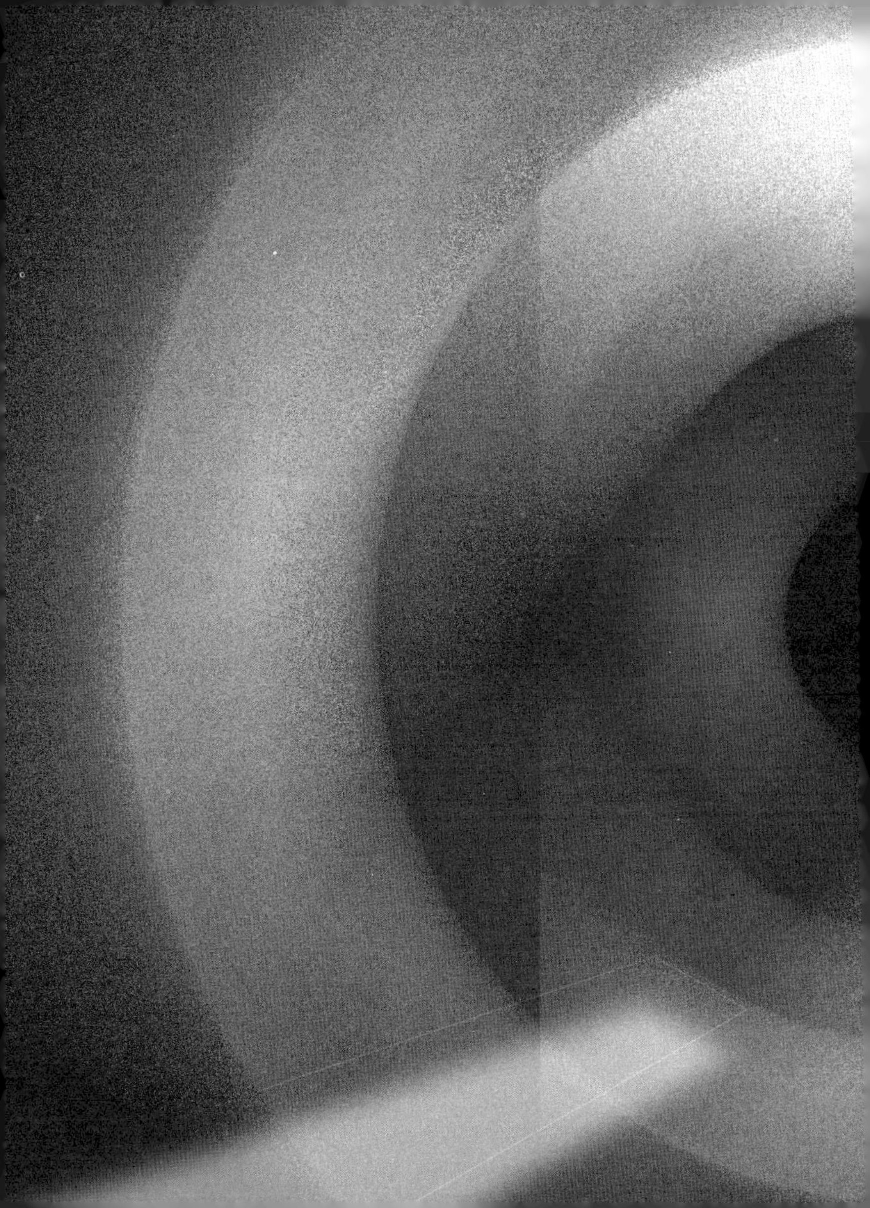

手指一直一直接觸

·

小的悲傷像小船
大的悲傷像大船

·

悲傷
歡迎回家
我想重新認識你。

悲傷

你搖曳的尾巴真美
我想用尺去量

你脫落的羽毛
正好拿來寫字

想拿個陶罐把你裝起
搖一搖
醒一醒

再一小撮一小撮夾出來
用熱水泡
用火去嚐

印度老山檀的味道有點像動物
哪種動物？
野性
腥臊
的那種
牙齒很尖
懷裡又乳香四溢

那我呢

我像哪種動物？

悲傷的動物

喜悅的時候

會有點悲傷的那種

我的心中
還有許多危險因子——

偽裝成善良的樣子

在X光片上
那些陰影豐饒處
結成果實

我摘下
多汁爛熟的一顆
切好了，放在盤子
端給你

我們常用錯尺
明明很大、很大的東西
卻用很小
很小的尺量

一片水面

你的整個存在
存在中的感受
知覺、情緒
你的話語、身體、
行為
都只是水上的波紋

波紋底下
你是帶著消息來的使者

·

一個孩子

他坐船
就快樂

·

就起了涼風
一下子整個水面
都泛出漣漪

啟航

在人類種種
命運的細節停泊

他每吸一口氣
就吸進百年的光陰

就變得越來越老
背就越駝
縮得越小

比嬰兒還小了
就長出一雙巨翅
乘著鼓脹的——歷史、言語、心跳
飛向太陽

憤怒
感動
性慾
而不是光

看恐怖片時想著
抵禦恐怖的幾種東西

·

說

世界太吵

那是你沒聽見

安靜的人

那老人的眼神
看什麼都像全新的
跟嬰兒不一樣的是
他不好奇
他害怕
他顫抖說，
帶我回家，帶我回家
雖然他始終都在家裡

股神巴菲特
的夥伴查理芒格說
有三件事讓人破產：
酒精、女人和借錢投資

我同意他說的，
只是那三件事應該改成
活著、活著和活著

或者只把破產改成活著

悲傷滲入感謝之中
悲傷滲入快樂之中

悲傷陪著你
悲傷在地獄陪你
在天堂也陪你

在人間
你是悲傷
的母親

「我是世界的母親。」

這句話告訴我

是時候了

該從一個孩子

變成母親

「我是世界的母親。」

這句話要我去照顧一切

實際上

卻是這句話在照顧我

請幫助我

是最美的禱辭

唸出那句話

一個巨人
一無所求

合十的手
變成了冰

有兩面的東西

都不是真的

但有什麼東西沒有兩面？

光與死本是一體

直到恐懼將我們分開

有一天人工智慧將說出世上每一句最正確的話語

但無論是要讓人笑

還是讓人哭

最進入我裡面的話

只有你說得出來

雖然你都不說

要平安

要勇敢

聽起來毫不相干

平安就是一種勇氣

不需要而仍發生的
我們稱之為慶祝

不需要而仍存在的
我們稱之為愛

不需要
是鑰匙
奧祕的大門為你而開

我累積越多努力
付出越多情感
甚至我越成功
就越脆弱

一道眼神

一句話

甚至一個念頭

都能把我抽成真空

我得小心點

世界上有六十億人口（還是八十億了？）

都有可能冒犯我

我的東西
留有別人的指印
我被這空洞的焦灼填滿
我忌妒。

這個念頭讓我
多麼自豪

畢竟它是
「占有」的靈魂伴侶
雙生火焰
人類道德史上的
搖滾巨星

我不安全
我自我厭惡
我需要認同
我需要我比別人好
我需要我是特別的
我需要我我我我我
相對來說
他剝奪了我

因此，我是對的
我們一起，寫下了這樣輝煌的律法
嚴懲觸犯我
的罪行
我們創造了新的因果
事實上，
我們創造了新的疾病
把病名
稱之為愛

宇宙中最神祕的兩個字：

「我的」

沒有人知道那是什麼意思

看看鏡子
看看你的肌肉如何
　巧妙運作
看看你發出吱嘎聲響的
　膝蓋，依舊挺立
看看你搞爛的身體
在你最厭世的時刻
　還戀戀不捨
拼命吸入那該死的空氣

你的病是很小的事
你的療癒也很小
但你的肚子很大
你的肚子
吞進一個宇宙也不嫌多

生命中的旋風
我敬畏你
生命中的黑洞
我敬畏你

我的手
失去力氣
我的心臟
碎成千瓣

讓我向你
大禮拜
我的
毀滅者

越是悲傷
我越清醒

越是悲傷
我越高昂

兇猛、剛強

如大海翻騰老虎

食子

悲傷之力

靜如宇宙星辰

的軌跡

流星雨的發生
據說不是流星
進入了地球軌道
而是地球
進入了流星軌道*

*具體來說是彗星軌道，流星是軌道上的碎片

散漫的孤獨裡
我生出了對秩序的渴望
秩序是行動
秩序是決定
然而秩序

最浩瀚的秩序不在腦袋的邏輯裡
在呼吸裡
在雜草亂石裡
在人對一切控制的失去裡
一條蛇在濕泥地上爬出
牠曲折的土痕

為了看到你的美
你需要我的眼睛
沒有別的辦法

·

不然
就借我你的眼睛
讓我看看我自己

痛苦是深奧的

沒有什麼比痛苦更加

誘惑

神祕

令人上癮，是吧

——在你被喜悅溺斃之前

愚蠢的世人你聽好……

你不知道

末日就要來到嗎

那邊那個踢足球的

那個算數學的

那個在跳舞的

為了一個男孩子哭哭啼啼的

看著天空發呆的

這種時候還在寫詩的
還在想像自己網路爆紅的
還在那邊創傷陰影過不去的
還在那邊畏畏縮縮不敢行動的

你們做得真好

這種時候
就是應該這樣慶祝

唐鳳說他盡量
不用手指直接接觸螢幕

他說如果
一直用手指接觸螢幕
大腦會以為手機是身體的一部分
手指所收到的刺激也會變成
身體的一部分。那麼妳呢？

那麼我一直一直
用手指接觸的
一切呢？

是的，你當然是世界
經歷你就是經歷世界
如果你問我。

船上後來沒有了人
再後來也沒有了船

只剩下大大的水

月亮
你的影子
淡淡
灑在街上
被霧氣摩挲
成煙
被獨行的幽靈
吸入肺裡

霧

你是怎麼
無聲掩至，眨眼間
抽換現實的詞面
留下無心的謊

你是怎麼把罪惡
披上薄紗
把鋼鐵變成夢
把人變成羔羊

你把美味的身體
端上桌來

我卻無論怎麼伸長手指
都觸碰不到你

・

太陽

你好大啊

・

所有的

觀

都是為了讓我消融

於背景

我是你的太陽

我雖是你的太陽

但請小心

請別太大口

呼吸

我會

熄的。

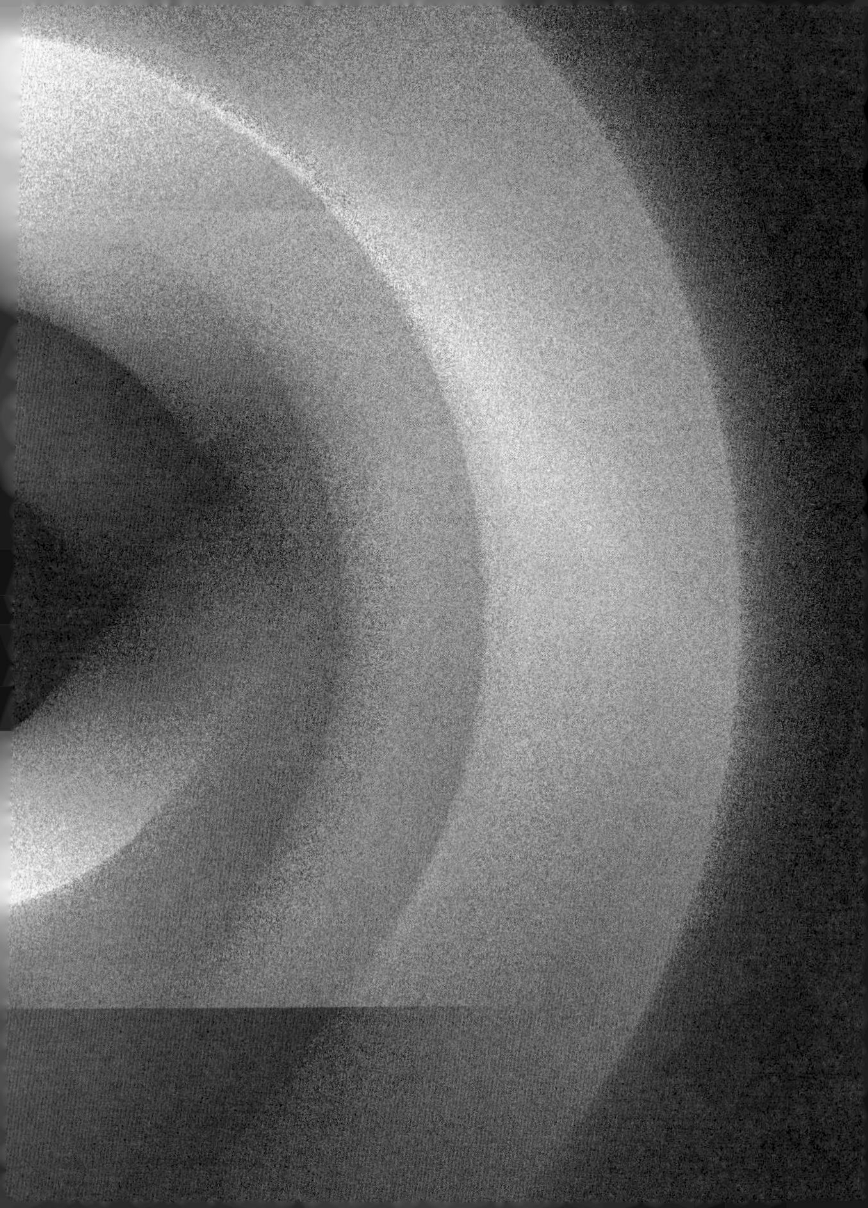

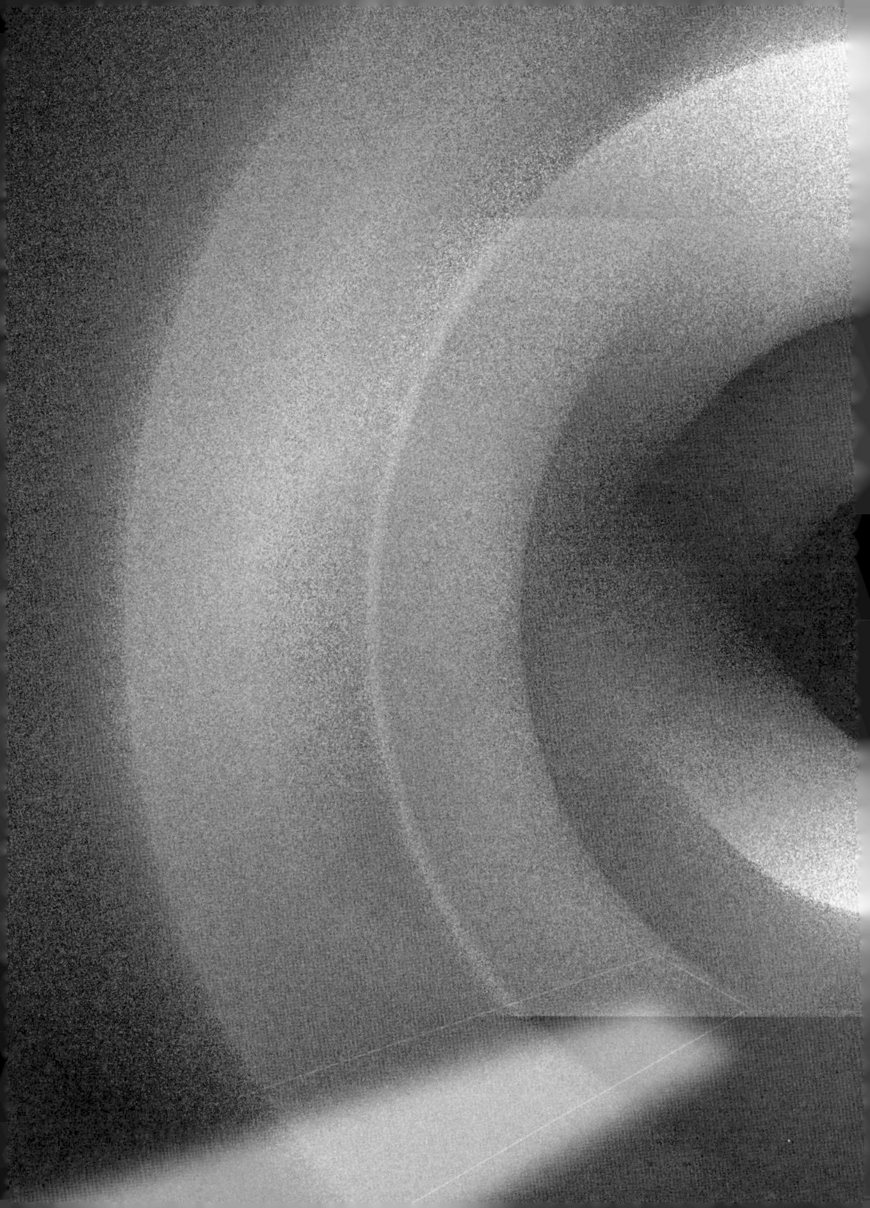

後記：人們所說的愛

後記

一

大約兩年前，某天隨手翻開俄國導演安德烈・塔可夫斯基的《雕刻時光》，來的就是他父親亞森尼・塔可夫斯基的詩句：

當命運尾隨我們的行蹤
宛如剃刀握持於狂人手中

我記下幾行字：「這一個階段我漸漸學會把生命中大小瑣事一概視作神諭，並或多或少地加以解讀，這麼做不僅讓生活的每事每物都泛起一層薄薄的靈光，更讓一切隨機運轉的無謂與無情之事，彷彿都有了存在的必要與必然，並且讓人稍稍可以承受得住命運的洶湧。」

許多事情發生時，正如許多文字寫下時，我並不知道那代表什麼。開始的時候，只是意識到一切要開始了。有東西值得寫下，有力量正在蘊釀。有的詩，許久以後，才忽然瞭解為何對某個意象、場景如此執著，那是我給自己的神喻，我的星座指南、塔羅牌面、瑪雅預言。

倉田百三的《出家及其弟子》，借佛家的殼，通篇基督義理，一本戀與罪之書：

唯圓：人的願望與命運是一對陌路人，它們沒有任何關係，甚至在許多場合，它們的關係就像暴君與犧牲者那樣殘酷。……

親鸞：還有祈願，願望與命運是通過祈願在內心裡銜接的，祈願呼喚命運，祈願創造命運。

> 法藏比丘的超世祈願不就是把判定下地獄的人改變成升入極樂的命運嗎？

人對命運的祈願，就像哀求變心的戀人回頭，是一種卑屈的無謂之舉。我不信，但我被親鸞打動，一如我被所有無意義的創造打動。最深刻的祈願，落空也不怪罪神的祈願，最無用的祈願。

對命運的徹底屈從，裡面有種我尚未明白的尊貴。

Leonard Cohen 唱著：

Show me the place
Where you want your slave to go

求神，「求」重於「神」。應該說，「求」美於「神」。

但我怕神，怕得要死。怕神所代表的命運。

最後又寫下：「如果不想任憑命運追擊，唯一的辦法，只有自己去當那持刀的狂人。」

二

我喜歡看人為愛卑賤受辱的樣子。有時他們身上發出光芒。

我迷戀過尊嚴，覺得那是人類的光輝姿態。還楞楞抄下哪裡聽來的芭蕾舞大師箴言貼在牆上：「如果你失去平衡，你就失去尊嚴。」後來發現人類丟盡尊嚴的樣子同樣迷人，甚至更加迷人。

那時刻他們忘記存活於世所需的種種禮儀、防備、姿態，忘記他人的眼光，把最脆弱的部位坦露出來。

1973年的法國電影，《媽媽與妓女》。一部無恥的電影，原來完全去除羞恥，幾乎就是純潔。

男主角滔滔不絕，談哲學、談理想、談生活、談社會，他的思想、論述是他的殼。女主角的語言是敗德的告白，她說：「只有你能把我幹成這樣。」直截如短刀。女主角在這場三角愛情中的角色越是屈辱、越是卑微，她的尊貴就更強一倍。

她說：「我不喜歡尊嚴，卑賤是我唯一的尊嚴。」愛著的人，沒有尊嚴，沒辦法有尊嚴，忘記世上還有尊嚴。

我搞錯了重點，那不是喪失尊嚴，而是卸下了偽裝，才顯出傲立於怯懦人性之上的真正尊嚴。

誠實是一種激進的主張，要付出高昂的代價。

想起一個怪詞，自由。

後來有人要我聽崔健的〈一塊紅布〉，我聽了，我不知道他的心到底是什麼做的。在此之前，我只熟悉一首〈一無所有〉，一樣的，一無所有，連自我都沒有。愛者沒有預設、沒有防衛、沒有恐懼，只有當下，在當下處於無限，到哪裡去都可以：

看不見你也看不見路
我的手也被你拴住
你問我在想什麼
我說我要你做主

被紅布矇上眼睛的人，那一刻他也和鐵一樣強和烈。

耶穌也在受辱，他要拯救人，而人把他釘上十字架。實際上他無法受辱，人的愚行只能侮辱自己。

塔可夫斯基談他最終的電影《犧牲》：「令我感動的是出自犧牲、出自對愛的雙重依附而致的和諧這個主題。這並非指相互的愛：似乎沒有人能夠了解愛只能是單面的，其他的愛並不存在，其他的任何形式也都不是愛。如果無法包含完全的施與，就不是愛。那是行不通的，目前根本不存在的。」

愛情的語言系統與信仰的語言系統極為接近。

木心談耶穌：「耶穌對世人的愛，是一場單戀。」

我尚未明白愛是否只能是單面的，但單面的愛，已經含有愛所需的全部力量。

再引一句木心：「愛，原來是一場自我教育。『原來』兩個字，請不要忽略。」我喜愛他的說教。

令人討厭的松子，為愛屈辱一生，每一次都將自我完全敞開，每一次都承受徹底的崩潰。片尾松子上樓梯，唱著：「彎著腰，伸長手，我們來捉住星星吧。」

崩潰多難，無愛，欲崩潰亦不可得。

里爾克的詩：斬斷我雙臂，我將擁抱你。

我也見過這樣的人。

愛者是貴族。

111

兩位攝影家：Jan Saudek 和 Joe-Peter Witkin。

Jan Saudek 的作品全是肉體，各式各樣的肉體，擺出被目為色情淫猥的姿態。最醒目的，是許多肥胖的身體，巨大的乳房與臀部，鬆垮皺摺的大腿。他能捕捉到人最狂放，最無遮掩的樣子。肉體在他的畫面裡，是愛慾、生死的體現。經過渲染上色，俗艷與莊嚴融為一體，渴望在生命中找到力量的人，在他的作品面前會流淚。有人說他提倡醜惡，他說：「人不可能是醜的，除非他放棄。」

Joe-Peter Witkin 的作品更令常人退避，他的作品素材，是人類屍體、骸骨與切割下來的身體局部，以及因身體缺損、畸型而多半難以見容於世的邊緣人，再運用宗教意象或古典繪畫的構圖，將素材擺置成繁複而曖昧的圖像。不管怎麼看，都褻瀆到極點，他的作品受到的評價必然是極端的，恨者視他為惡魔。但他說：「瞭解我在做什麼的人，當能領會其中所含的決心、愛和勇氣，我在社會普遍認為受損、不潔、失能、扭曲、悲慘、不幸的人身上，找到奇蹟與美。」在他的畫面裡，常人別過臉不去看的，都是神存在的證物。

他們是與天競爭的藝術家。當然不是因為瀆神，沒人比他們更信奉神。

他們是巴別塔的建造者，爬上去，想要像神那樣去愛。

神是否容許人像神那樣去愛呢？還是祂會在這些愛者身上，降下懲罰的雷霆？

把對與錯，鮮美與腐敗，生與死，總合起來去愛。

推到盡處，天地不仁，以萬物為芻狗。人以為不公不義的，其實是天的公義。

平等也是一種激進的概念。

分別事物等級，有的接受，有的拒斥，我們才感到安心。

把原本就存在的東西再呈現一次給你看，那種真實，慣於自欺的人承受不了。

我們不敢去看我們已經看到的東西。

我逃避自己的本質。

影子畏懼黑。

四

再說一些話。

怯懦如我者，只能先把語言放在高處，拉著行動上來。

不懂的事太多了，一個人在黑暗中摸索，慢慢學會提問，問了了，回答，或不回答，再問下一個，每一個問題，都可以一直摸索下去。身前幾寸地，竟真的微微亮起。譬如，人可以毫無隱瞞地活下去嗎？

被人知道越多秘密，你越自由。

你要誠實，先得做錯誤的事。

直視那些讓你痛的東西。

愛，與性，與宗教，與藝術，糾纏不清，皆屬享樂範疇。各種享樂，肉體的、精神的、情感的、此刻的、未來的、死後的。四者都是藥性最強的毒，歡悅鑽心透骨，嘗過就不能戒斷，一次比一次，要得更純更精。

都為了抵抗死。徒勞無功，只有性，讓死亡稍稍停步。其他三者，都求永恆，求超越，要得太多；性很低賤，瞬間灰飛煙滅，性除了自己什麼都不要，死亡說，這局讓你。

稍微走進去一點，都是無道德的，沒有現成的道德。沒有人知道真的道德是什麼，只能透過肉身、思想、情感去實踐，一路上粉身碎骨。他人的道德是詛咒。

苦行求道者，慾望最大，大到能忍常人所不能忍。人的快樂無效了，渴求神的快樂。

一竿子打翻試試，人能找到的所有崇高概念，都為了樂。我想，包括犧牲。

在胡赳赳的書上抄來一句，布希亞寫的：「只有無慾望的軀體才真正配得上快樂。」

濕婆在修行中被愛神伽摩一箭射中，頓生愛慾之心，怒睜第三隻眼，用毀滅一切的神火把伽摩燒成灰燼，但愛神未死，只是從此無影無形。

慾望很精明，別想敷衍它。

性是道成肉身。

藝術最貪婪，想把其他三者都吞進腹內，有時成了，
有時吐了。

我會老去，老得快要變成別人。

活著是為了把自己再創生一次。

在命運面前沒有狂人。倒是詩這把剃刀，還算稱手，
劃幾個傷口，不成問題。

和自己立約，言而有信：說謊的時候，要懷著誠實的願望。

這本書獻給相遇之人。

有些影子怕黑／孫得欽作. -- 二版. -- [臺北市]：註異文庫出版：註異文化出版社發行，2024.02

面；　公分

ISBN 978-986-99634-8-0（平裝）

863.51

113001181

有些影子怕黑

作者 孫得欽
編輯 李霈群
裝幀設計 李霈群
發行人 李霈群
出版 註異文庫
發行 註異文化出版社
信箱 anomaly.press.tw@gmail.com
網站 https://indiepublisher.tw/zh-hant/member/68

經銷 紅螞蟻圖書有限公司
地址 台北市內湖區舊宗路 2 段 121 巷 19 號
電話 （02）2795-3656

ISBN 978-986-99634-8-0
版次 二版一刷
出版日期 二〇二四年 三月
定價 四二〇元

255 註異文庫

不需要而仍存在的
我們稱之為愛